마음의 강

이 도서의 국립중앙도서관 출판시 도서목록(CIP)은 e-CIP
홈페이지(http://www.nl.go.kr/cip.php)에서 이용하실 수 있습니다.
(CIP제어번호 : CIP2010004337)

푸른시선

95

마음의 강

이남섭 시집

푸른사상
PRUNSASANG

돌아가고 싶은 고향이 있다는 것은 참 행복한 일이다. 내 고향은 사면이 산으로 둘러싸여 있고, 마을을 중심으로 두 개의 맑은 개울물이 사철 흐르고 있다. 그래서일까. 이름도 아름다운 가내마을(叮川)이라고 부른다.

나는 이곳에서 동화책 속의 주인공이 되어 꿈 많은 어린 시절을 보냈다. 노후에 잘 산다는 것은 제자리로 돌아간다는 것임을 알기에 이제 나는 그곳으로 가려고 한다.

문득 그곳에 살던 꿈 많던 어린 소년에게 이루지 못한 꿈을 고백하려니 너무 쑥스럽다. 이제 와서 詩를 쓴다는 것이 찬바람 부는 겨울 들판에서 새싹을 찾는 기분이다.

2010년 가을, 월백당에서 이남섭

제2부

제3부

제4부

제1부

돌아가야 한다

봄이면 쑥국 향기
여름이면 아욱국 향기
그리워진다.

이제 나도 고향으로
돌아갈 때가 되었나 보다.

지천명을 넘게 사는 동안
마음 가누기 어려웠던 날들
참 많았다.

세상을 산다는 것은
제자리로 돌아가는 것.

떠나간 사람들
아무도 돌아오지 않는다 해도
나는 돌아가야 한다,

나를 키워준
고향으로.

시를 쓴다는 것은

내가 시를 쓴다는 것은
야생 동백나무 밑둥을 잘라
어두운 아파트 베란다로
유배를 보내는 일이다.

시멘트 거대한 공간들이
내 삶을 위로한 적은 없어도
작은 삶으로 숲을 만들어
함께 술을 마시는 일이다.

시를 쓴다는 것은
몸보다 작은 창을 통해
허락된 자유만을 외치다가
덜컹덜컹 목이 잘리는
동백꽃 같은 것이다.

추억의 강

보성강에 가면
눈물이 난다.

강은 흘러야 산다.
댐이 생기고
그 강,
흐름을 멈춘 지 오래다.

그 강에 가면
그래도
그리움 가라앉는다.

추억의 강……
촐랑대며 떠나간
은어 떼들
언젠가는 돌아오리라.

고향의 강
말만 들어도 눈물이 난다.

漁水樵山

보성군 문덕면 용암리 산 260번지
漁水樵山 글씨와 함께
할아버지께서 직접 물려주신 산
수돗물 오염시키는 주범이라고
환경청장이 잡아가버렸다.

이름 하여 수변보호구역
종이 한 장 매매계약서로
녹두장군 서울로 잡아가듯
대낮에 그렇게 끌고 가버렸다.
돈 몇 푼에 도시로 내몰려진
漁水樵山!

애야! 저것들이 뭘 잘못해
저렇게 끌려간다냐?
묘지 속의 할아버지
벌떡 깨어나실까 겁난다.
더는 물에서 고기 잡고
산에서 나무하지 못 하겠구나.

고향 바다

고향 바다에선
할 말이 많은 듯
파도가 쉴 새 없이 주절거린다.

고향 바다에선
사람보다 갈매기들이
더 잘 살고 있다.

어쩌다 빈손으로
고향에 가도
바다는 아무런 내색도 하지 않는다.

하고 싶은 말들
참고 있는 고향 바다는
늘 내 상처 깊이 씻어준다.

보성강

굽이쳐 흐르는 보성강
누이의 등에 업혀
버드나무 아래에서 처음 보았네
철이 들기 전
걸음마도 하기 전이었네.

잎이 피고, 꽃이 피고
황소가 풀을 뜯고……
강촌 마을엔
언제나 시퍼런 물이
가슴으로 길을 내며 흘렀네.

이젠 저 보성강
주암호에 그리움을 풀어놓고
떠도는 구름과
철새들을 불러
지나간 세월을 노래하고 있네.

상추 씨앗을 뿌리며

망일봉 골짜기 양지 바른 외딴 밭에
겨울 상추씨를 뿌리고 돌아왔다.

작은 씨앗 어둠속에 밀어 넣고 돌아왔다,
오는 봄날, 부드럽고 강한 초록 잎 얻으려고.

그런 뒤 내내 노심초사했다.
걱정하지 마라 두려워하지 마라, 하면서도

거름 몇 장으로 혹한의 진흙 속에서
상추씨가 겪어야 할 긴 어둠 때문이었다.

낯선 고향

그 옛날, 고향의 두메산골
사랑의 흔적만을 남기고
오직 출세를 위해
많은 사람들 도시로 떠났다.

도시는 사랑을 잃고
베니스 상인처럼 등이 휘었다.
흐린 거울에 비친 출세는
끝내 세출로 뒤집혀버렸다

도회지에 머무는 사람에게선
너무 바쁘다 보니
이제 사랑할 시간마저
저만치 떠나가고 말았다.

고향 가는 길, 사방에서 지금
살 뽀얀 차꽃이 지고 있다.

사랑의 흔적, 아직도 가슴에 남아
도시의 찌든 얼굴
푸른 차향으로 씻어내고 있다.

可隱堂*

산 좋아하고 물 좋아하셨던 선비 李箕大공
100리길 무등산 훤히 보이는
가내(可川)터에 집(堂)을 지어
堂을 隱으로 이름 지어 隱을 可하다 했으니
바로 可隱堂*이다

可하고 不可함을 세상 어디에도
맞출 수 없었던 올 곧은 선비
수천 여권의 책을 시렁에 싸놓고
세상 얽매임 없이 書와 詩를 즐기셨다.

公의 외손자 송재 서재필도 일곱 살까지
이 곳에서 공부했고, 추사 김정희도
가끔 들러서 함께 일필휘지했다는 옛집

可隱의 높은 堂 세월의 흐름에
이젠 龍門*의 뼈대만 가문을 비추고

후손보다 먼저 산까치들이
집을 찾는 나그네를 맞이하고 있다.

*피隱堂은 보성군 문덕면 용암리 가내 마을에 있는 성주이씨 종가댁이다.
본인의 6대조 피隱 李箕大公이 창건했다. 피隱堂에는 수천 권의 책을 비치
해 畿湖와 嶺南의 學者와 儒生들이 모여 공부하도록 했다. 한국전쟁 때 소
실되었으나 2000년 송재 서재필 선생 생가와 함께 복원되었다.

*龍門 : 용암리를 말함

머슴 매수 씨

백중날은 매수 씨의 날이다.
평생을 머슴으로 살았던 매수 씨
백중날 씨름판에서 장사되어
황소를 타고 집으로 돌아왔다.

하루에 나무 넉 짐을
거뜬히 하고는
장가를 보내달라고
조르던 매수 씨!

어려워진 주인집 아들
똥지게를 져서라도
대학까지 보내겠다고
큰소리를 치던 매수 씨!

백중날이면 씨름판에서
황소를 타던 그가
이번 백중날에는 황소 대신

꽃상여를 탔다.

우리 집 마지막 머슴
사람 좋은 매수 씨
사랑방 하나, 지게 하나
달랑 남겨두고
꽃상여를 타고 저승으로 갔다.

섣달 그믐밤 고향집에선

섣달 그믐밤 고향집에선
흰 접시 위에
무명실을 꼬아 기름을 붓고
온 집안 불을 밝혀
밤을 지새웠지요.

잠자면 눈썹이 하얗게 셀까봐
할머니 졸라
옛 이야기 듣던 밤
이젠 다 TV 속으로 사라졌지요.

할아버지의 설 선물 심부름으로
마을 어르신께
봉초담배 돌리던 골목
지금은 가로등 불빛 하나만
우두커니 서 있지요.

月白堂*

외로운 산골 마을
연분홍 분꽃
홀로 피어 빈 집을 지키네.

오늘은 누구를 반기는지
밤하늘의 별똥들
빈 집으로 떨어져 내리네.

소나무 가지 위에 앉아
잠자던 산새들
후드득 놀라 숲 속으로 숨고

단잠을 자던 隱者
한밤에 깨어
그리움 달빛에 씻네.

*月白堂 : 보성군 문덕면 용암리 가내 마을에 있는 작가 생가

성묘

할아버지 저 왔습니다.
무릎 꿇고 엎드려
큰절 올리는 것이
지금은 나의 전부다.

장손은 장해야 한다.
쩌렁쩌렁 울리던
할아버지 목소리
산울림으로 귓가에 들려온다.

이른 새벽부터
천자 책 펴고는
꿀 한 숟가락으로 달래 가며
어린 손자 훈도하던
우리 할아버지

그때 어린 손자

묘소의 잡풀 뜯으며

장하게 크지 못 해

올해도 그저 반성할 뿐이다.

워낭소리

아홉 자식 수레에 태워
뒷바라지한 30년 친구
이젠 성치 못한 몸
동행한 저승사자처럼
아버지와 늙은 소 등이 휜 채
서로의 얼굴만 바라보고 있다.

술에 취한 주인, 달구지에 싣고
목에 고인 피멍울 토하며 걸어 온 길
오늘도 늙은 소, 워낭소리 울리며
양가랭이 재 넘어 집으로 간다.

어느 겨울 불이 난 외양간
시꺼멓게 타죽은 젊은 소
고삐 풀어주지 못한 아버지
오늘도 맹수의 울음 하나
동백 숲길에서 떠나보낸다.

그렇게 떠나간 황소
엇갈린 기다림처럼
땡그랑 땡그랑 워낭소리
산그늘 진 길을 넘어오고 있다.

추석 무렵

추석이 가까워지자
고향 언덕길, 가을비에 젖는다.
명절에나 간신히 돌아와
달랑 하룻밤 보내고
떠나야 하는 사람들……
폐허 같은 서러움이 짙어온다.

옛날의 금싸라기 땅들
잡초만 무성하다.
올해도 쌀농사는
내 가슴을 서럽게 하고
고향 사람들의 가슴을 멍들게 한다.

추석날 아침에나
겨우 부활하는 골목 안 사람들
이 날만큼은 그래도
화들짝 옛날이 돌아온 것 같다.

뉘 집엔들 외동자식
객지로 내몰던 고달픈 세월이 없으랴.
추석 다음 날 저녁
고단한 어머니는
늙은 모습 보이지 않으려
손도 흔들지 않으신다.

제2부

레테의 강

벽에 붙어 있던 바늘시계 뚝 떨어진다.
여러 개의 손목시계
서랍 속으로 숨어든다.
정보가 돈이 되는 세상이다.

사랑을 주고받던 시간의 오디세이……
브로바 손목시계 하나에
사랑과 목숨, 걸은 적도 있다.

대통령의 시계도
이젠 레테의 강 건너고 있다.
저녁 열두시라고 핸드폰이 내게 말한다.

위성도 돌고, 계절들도 돈다.
돌지 않는 것은 오직 지나간 시간뿐이다.
시간이 돈이 되지 않는 세상이다.

첫사랑

독사에 물린 자국이다.
해독되지 않아
아직도 몸살 중이다.

독사에 물려
잘린 손가락
봄이 되면
또 다시 근질거린다.

만연사

만연사에 간다. 오라는 말 없어도
가끔씩 그곳에 간다.
설화 속 예뻤던 상좌승
봄을 피우는 잔설이 되어
내 맘을 간질이는데
수백 세월 전
여려여려 눈물 많던 어린 나무는
하늘만큼 키 닿는 잣나무 되어
지레 먼저
허공 속의 눈발을 거둔다.
그리 바쁠 것 없는 산사의 저녁
아! 범종치는 스님
생사고해 넘어
만연사 가득 무심으로 채우고
법문 듣는 연인들 무엇을 그리 비는가?

법고소리

법고소리가 아름답다는 걸
처음 알게 된 것은
유년시절 고향에서
송광사 법고 치는 스님을 만나고부터다.
그가 치는 법고소리를 듣고부터다.

삶의 에너지가 필요할 때마다
좋은 시를 쓰고 싶어질 때마다
법고소리를 들으러
나는 송광사에 간다.

더러는 법고를 치는 스님보다
법고를 치는 시간이 되기를
더 기다리기도 한다. 그런 시간엔
나를 돌아볼 수 있기 때문이다.

둥둥둥 쿵쿵 딱딱딱
위 아래로 좌우로 툭툭 튀어나오는

법고 치는 소리는
언제나 영혼을 불 태워
육체를 구원한다.

둥근 법고를 향해 몸을 날리며
북을 치는 스님들
오늘도 흰 새로 환생해
저녁 어둠을 환하게 가른다.

범종소리

오만이 죄인 줄 몰랐던 시절
겨울나무 끝에 울리던
산사의 범종소리
그저 수목이 저 홀로
耳鳴을 앓고 있는 줄 알았습니다.

한때는 아픔이었던
산사의 범종소리
그때는 홀로 울어야 하는
忍從인 줄 알았습니다.

이젠 이명도 인종도 아닌
당신의 소리가
아픈 가슴을 채워주는
그리움인 줄 알 것 같습니다.

대원사 가는 길

비오는 날이면
고향 대원사
벚나무 꽃길을 걷고 싶다.

두메산골 산사
천년의 여백
풍경소리로 남아 있는 곳.

벚꽃으로 물들던
나의 유년
물소리, 바람소리만
그곳을 찾는다.

雪頌

이별을 두려워하면서
해후를 기다리는 사람이 있다.

사랑을 모르면서
사랑을 기다리는 사람이 있다.

마음을 비우지 않으면서
마음을 채우려는 사람이 있다.

모두가 잠든 겨울 밤
나는 나에게 묻는다.

너는 무엇을 비우고
하얀 침묵으로 가득 채웠느냐고.

동백꽃

그때는 이별이 사랑인 줄 몰랐습니다.
뚝뚝 떨어지는 눈물
그저 슬픔인 줄만 알았습니다.

그때는 붉은 꽃송이가
덜컹덜컹 무너져 내렸습니다.
그 붉은 꽃송이가
사랑인 줄, 이별인 줄 몰랐습니다.

바보같이 꽃잎이 질 때는
한 잎 두 잎 소리 없이
곱게만 떨어지는 줄만 알았습니다.

이젠 이별이 사랑이라는 것을
덜컹덜컹 떨어지는 붉은 꽃송이가
이별이고 사랑이라는 것을 알 것 같습니다.

겨울나무

12월, 산마루 아래로
노을이 지는 시간
겨울나무여!
이젠 당신이 어떤 말을 해도
나는 다 알아들을 수 있을 것 같다.

당신과 함께 했던 시간
계산기로 계산해도
알 수 없을 만큼 낯설었다.
겨울 눈더미 만큼이나 차가웠다.

자식의 머리 위에
활시위를 당겨야 했던 빌헬름 텔
그 아비와 자식으로 굽히지 않고
서로가 끝내 당당했을까.

겨울나무 울리는
싸늘한 바람만이

지금 당신이 우는 소리 듣고 있다.
지나간 시간, 한 시절 내게 당신은 경전이었다.
너무 슬퍼하지는 말게. 겨울나무여!

교정에서

무심히 창밖을 바라본다.
새하얀 눈 속에
교정은 적막강산이 되어 있다
겨울 햇살,
白雪에 눈이 부시다.
이름 모를 산새 한 마리
나뭇가지에 내려와
교실 쪽을 바라보고 있다.
맑은 겨울 하늘가
흰 구름 한 점, 정처 없이 흐른다.
창 밖에 멈춰 서 있는
학교종의 줄
살며시 잡아당겨 본다.
땡 땡 땡…….
허공의 종소리에 놀라
다시금 비상을 꿈꾼다.
가지마다 눈꽃송이

가득가득 피워내던 소나무
우르르 쏟아지는 그것들
무심히 바라보고 있다.

침묵의 강가에서

사는 일 너무 힘들면
남몰래 찾아가는
강 하나 있으면 좋겠네.

세상 다 변해도
천년을 두고 변치 않는 강!

오늘도 사랑이 서러워
눈물 한없이
강가에 뿌리고 싶네.

강은 내 서러운 눈물
빗물처럼 포근히 받아주겠지.

말없이 눈물 함께 나누는
침묵의 강!
바로 당신이었으면 좋겠네.

석류꽃 사랑

6월의 마지막 햇살
막 피어난 석류꽃 사이로
붉게 스며들고 있다.

무수한 꽃 중에
벗이 심어준 석류나무 두 그루
끌 수 없는 사랑
초록빛으로 감춘다.

가진 것 다 주어도 모자라는
목마른 붉은 봉오리!
가슴에 사랑의 火印으로 남는다.

졸졸 흐르는 개울가
피라미 떼는
석류꽃 사랑을 모른다.

흐르는 개울물 안타까워
잠시라도 붙잡아 보려
긴 여름날 유영할 뿐이다.

겨울밤 산행

새하얀 겨울밤
내가 산행을 떠나는 이유는
산은 산대로
나무는 나무대로 갖고 있는
고요의 의미를
알고 있기 때문이다.

적어 놓을 수 없는
나의 혼을
겨울 밤하늘을 향해
뿌리고 싶은
오랜 갈망이
거기 자리해 있기 때문이다.

밤길을 비추던 별빛
얼음장 밑으로 흐르던
개울물 소리
겨울밤 산에서는

인연의 한 끝에 서서
서로를 떠나지 못하는
바람이 되기 때문이다.

마음의 江

언제나 낮은 곳으로 흐르는
세상의 모든 상처
가슴으로 꼭 껴안는
작은 江 하나
내 마음에 두고 싶다.

돌이 있으면
돌아 흐르고
웅덩이가 있으면
채워 흐르는
그런 江 하나 있으면 좋겠다.

지금은 비록 실개천이지만
물이 부족하면
비를 기다릴 줄 아는
생명줄 같이 조용한 江
가슴으로 흐르면 좋겠다.

끝내 세월 다투지 않는
바다에 닿아도
고향의 물결 쉬 잊지 않는
그런 작은 江 하나
내 마음에 두고 싶다.

물소리

시냇물들이 길을 떠돌다가 강물로 만났습니다.
물이 흐르는 곳은 모두 길이었습니다.

강물이 된 시냇물들은 순간을 아끼며
서로 사랑을 나누었습니다.

강물은 시냇물 시절의 자신을 보지 못하고
그만 저 스스로 상처를 만들었습니다.

어느 날 길을 잃은 강물은
한갓 물거품으로 부서질 수 있다는 것을 알았습니다.

하여, 바다로 따라가지 못한 강물은
아직도 풀섶을 맴돌며 저 혼자 울고 있습니다.

제3부

찔레꽃

5월 마지막 햇살 속
얼굴 내밀고 있다.
만행 떠난 아버지
기다리시는 어머니 같다.

꽃씨 하나, 뿌려놓고
기다려 온 시간들
가시 발자국 따라
꽃덤불 감싸고 있다.

가진 것 다 주어도
허기진 사랑
돌아서지 못한 자리
하얀 불꽃이 타오르고 있다.

함께 알프스로 가요

사랑하는 이여 우리 함께
알프스로 가요 그곳에 가면 바람도 얼어버린
만년설 빙하가 있어요.

트랩 대령이 가족을 이끌고
알프스를 넘듯 우리도 그곳으로 가요.
우리 사랑 만년이 지나도
빙하처럼 녹지 않도록

저 장엄한 雪世界 안에
영원히 고립된다고 해도
설원 위 까만 점으로 남는다 해도
우리 쉽게 사라지는 것을 원치 않아요.

사랑하는 이여 우리 함께 알프스에 올라요
아이들과 하이디를 불러내요
함께 도레미송을 불러 봐요

그런 다음에 사랑하는 이여.

당신의 앞머리 가에

고귀한 흰 빛, 에델바이스를 꽂아 드릴게요.

비록 순탄치 않은 길이라 할지라도.

수국을 보며

고향 집 울타리 가에
달빛처럼 피어나던 수국
여러 차례 밑둥이 잘렸지만
올해도 환하게 꽃 피우고 있다.

50여년 세월 끊임없이
고향집 지키고 있는 수국
얼마나 뿌리가 깊기에
해마다 저리 고운 새순 키워낼까.

언젠가 종일 비를 맞아
꽃봉오리 무겁게 숙이던 수국
그날부터 내 기다림은 시작되었다.

도회지로 전학 간 친구
언제 편지 올까 마냥 기다렸고,
고향 떠나신 아버지
언제 돌아오실까 무작정 기다렸다.

누이와 함께 수국의 꽃잎 따

골목길에 뿌리던 시간들

이젠 삶의 여백으로 피어나고 있다.

불갑사 꽃무릇

내 사랑 서럽다고
차마 말할 수 없구나.

불갑사 굽이진 계곡
핏빛으로 죄 물들이고 있는
네 오랜 절망이라니!

내 기다림 고통스럽다고
짐짓 말할 수 없구나.

외줄기 꽃대 위에
마구 토해놓은
붉디붉은 저 각혈이라니!

5월의 성산포

5월이 파도쳐 우는 성산포
모두들 바다로 누워
잠들고 싶어 했다.

저 초록의 산 빛은
내 상처이며 슬픔
파도를 잠재우느라
저 혼자 부산했다.

온몸을 바위에 내던지며
부서지는 파도
그토록 보고 싶어 하던
바다의 시인은 떠났다.

어쩌다 보니 나만 홀로
5월의 바닷가를 서성이며
잃어버린 시간을 건지고 있었다.

바래봉에 올라

그리움 넘실대는 날
5월의 바래봉에 올라
낮은 하늘과 높은 산을 바라본다.

붉게 타는 철쭉꽃 천지
천상의 빛이
지상으로 내려와 빛나고 있다.

산객을 유혹하던 시간들
옷자락 속으로 붉게 스며
고향의 봄으로 변하고 있다.

바래봉, 5월의 붉은 바람
혼불처럼 타올라
님의 얼굴로 환생하고 있다.

일림산 5월

하늘도 산도 온통
붉은 빛으로
사랑을 앓고 있네요.

철쭉꽃 피는 자리
꽃처럼 웃으며
피어나는 그대!

이제야 내 사랑 그대에게
사막의 열병처럼
다가서고 있네요.

꽃집에서

그녀의 손끝이 닿으면
돌도 나무도 풀잎도
새로운 꽃으로 다시 피어난다.

그녀 앞에 서면
모든 사람들 꽃이 된다.

그녀가 머문 자리에선
언제나 싱그러운 향기가 난다.

그녀의 집에 가면
또 다른 하늘이 있고
하얀 나비가 난다.

천관산 억새

10월이 오면
그리움이 닿을 수 없는 높이로
흩날리는
억새꽃을 보러 간다.

아득한 바다
가슴에 안고 사는
또 하나의 은빛 세상

천관산에 오르면
하얀 가을 햇살
푸른 하늘을 향해
다시금 피어오른다.

茶鄉에 가면

보성강 건너
홀로
봇재 활성산에 오르면
차 한잔 하실래요?
어디선가 소리 들리지요

그곳에 가면
어린 차나무
제 마음 활짝 열어
그냥 오셔서 차 한잔 하세요!
말을 건네지요

그곳에 가면
사람 많지 않아도
얼어붙은 몸
따스하게 녹여 주는
차 한 잔 기다리고 있지요

차향 가득한

그곳에 가면

금빛 산마루 저녁 햇살

늘 물 끓이며

환하게 웃고 있지요

송재 서재필 기념공원에서

고향집 가내마을에 가면 제일 먼저 나를 맞이하는 건 푸른 산, 푸른 하늘이네. 그곳을 지키고 있는 어릴 적 친구는 툇마루에 앉아 담배를 피우며 서재필 기념공원으로 나서는 내게 말을 건네네.

일곱 살 어린 시절 나는 동화책 속의 주인공에 불과했는데, 한 말 가내 마을을 떠나 한양 유학길에 나선 송재는 그 나이에 나라와 시국을 고민하는 책을 엮었다고 하네.

기우는 국운은 뜻 있는 청년들의 가슴에 불을 지펴 송재도 평탄한 길 멀리 하고 개혁의 물결에 몸 실었네.

개화의 바람 거칠게 불어 갑신정변의 오적이 되자 어머니 성주 이씨, 아버지 대구 서씨, 아들의 큰 뜻 따라 시퍼런 칼날에 먼저 저승으로 가셨네. 사랑하는 형제와 아내와 자식까지 참혹하게 죽음을 맞으니, 삼족이 멸하는 아픔 그치지 않았네.

결국 이국땅의 망명객이 된 송재, 몸은 타국에 있어도 넋은 늘 태평양 건너 한반도로 뻗쳤네.

몸의 병 고치는 의사의 길 툭툭 털고, 얻은 물질 소중하게 받들어 조국의 어둠 밝히는 등불이 되었네. 조국 사랑의 큰 뜻 솟구치고 솟구쳐 영은문 헐고 독립문 우뚝 세우셨네.

뜨겁게 타는 온몸, 붓끝으로 각성을 촉구하는 독립신문 창간하시니 이 나라 이 백성 깨우치는 선각자요 스승이었네.

선생이 가신지도 벌써 반 백 년, 육신은 죽어 조국의 땅에 돌아와 묻혔어도 선생의 뜻은 여전히 이 땅에 살아 있네.

어린 시절 뛰놀던 고향 땅에 동상으로 서서 두 눈 부릅뜨고 조국을 지키시네.

송재 서재필 당신의 얼을 기리는 기념관 오갈 때마다 가내마을 어린 소년은 장년이 되었어도 당신의 아픈 발길 따르지 못하고 있네.

청령포*에서

영월군 청령포 늙은 소나무 觀音松
작은 섬에 스스로 갇혀 살고 있다.
누구도 찾지 않는 쓸쓸한 섬
얼마나 뜨거운 가슴으로 눈물 받았기에
몸둥이는 저렇게 흙빛이 되고
뿌리는 또 이렇게 강물이 되었을까

울타리 없는 망향탑 가슴에 안고
쉬이 마음 달래지 못하는 지어미의 江
저 西江 잠시 방향 잃고 속울음 운다.

觀音松에서 울고 있는 작은 매미
전생에 친구였는지 몰라.
너무 울어 꽃으로 피어나지 못했나.
여름날 꽃이 되지 못한 것들
내 안에 들어와 강물로 길 내고 있다.

*청령포는 강원도 영월군 남면 광천리 남한강 상류에 위치한 단종의 유배
지로, 2008년 12월 16일 명승 제50호로 지정되었다. 동, 남, 북 삼면이 물로
둘러싸여 있고, 서쪽으로는 육육봉이라고 불리는 험준한 암벽이 솟아 있어
나룻배를 이용하지 않고는 밖으로 출입할 수 없다. 마치 섬과 같은 곳이다.

제암산에서

여름을 넘긴 가을 산
멈출 수 없는
그리움이다.

그 산에는
바람이 있다.
산은 구름과 강물이 된다.

푸른 하늘가에
그대의 얼굴
풍선이 되어 떠가고 있다.

정지용 시인 생가를 찾아서

아름다운 가을날
충북 옥천군 옥천읍 정지용 생가
당신을 만날 수 있다는 것이
이렇게 황홀한 축복인 줄
미처 몰랐습니다.

"그곳이 차마 꿈엔들 잊힐 리야."
목마르게 부르며 떠났던 당신
고향, 향수 말만 들어도
눈물이 먼저 샘솟는 곳
너무 늦어 미안했습니다.

흙에서 낳고 자란 당신의 옛 흔적
모두가 변했어도 하늘의 성근 별
서리 까마귀만은 아직도
텃밭을 맴돌며 어린 당신을
사랑으로 감싸고 있었습니다.

득음정을 찾아

7월 대낮, 소망으로 불타는
보성소리의 탯자리 탐방길
득음을 위해 소리꾼들 머물던 득음정
숨어 있던 가락들
바람처럼 나타난다.

"배우면 쓰겠다"는
소리 스승의 한 말씀에
쉼 없이 토해 놓은
소리꾼의 한 서린 소리
들풀 무성한 여름날
눈 시리게 하얀 폭포수가 된다.

누군가 신명나게 펼치는
서편제 한 마당
길손의 소매 부여잡는데
"내 소리 한 대목 받아갈 자 없소."
귓가에 울리는 님의 목소리.

진도 탐방 길

남녘 끝자락 외딴 섬 진도 탐방 길
촉촉한 봄비가
시공의 세월 넘나든다.
예전엔 무심코 지나치던
쓸쓸하고 외진 땅
바람 같은 모습으로 나를 반긴다.

삼수갑산보다 더 많은 한이 서린 유배지
흰 두루마기 걸친
운림산방의 선비
무심히 치는
한 폭의 수묵화가
남종화 성지로 자리 매김이 되어 있다.

천년의 세월 속에 사라진 삼별초 小國
용장산성의 용사들
자주 향해 쓰러져간 그날의 넋은
신비의 바다

물결을 가르는
진도 아리랑의 춤사위가 되어 있다.

한려해상 침범하는 적군을 향해
승전을 기다리며
부르던 아낙네들
강강술래의 목소리는
삶의 구비길
길손의 마음에까지 원을 그리게 한다.

제4부

저녁노을

"뜨는 해보다 지는 해가 더 고와야."
늙으신 어머니 말씀이었다.
예전에는 그 말 건성으로 들었다.

사랑한다는 것! 산다는 것!
돌이켜 보면 끊임없는 맹세다.

그때마다 어머니 말씀하고 싶었겠지.
"그것은 쉬운 일이 아니여."

뜨는 해보다 더 고운 황혼의 전송받으며
지는 해가 더 곱다는 말씀 이젠 알 것도 같다.

돌아서 온 길

막연하게 길을 찾으려고 했다.
맞지 않는 신발 속, 몸이 무너지고
신과 발의 간격으로 모순의 거리 오갔다.
그때마다 나는 내 발에서 피를 뽑아
『우는 여인』을 따라 그렸다.

노란 리본을 단 떡갈나무
돌고 돌아온 길 막고 서 있다.
따로 길이 있는 것도 아닌데
바람을 좇아 화순 운주사에 갔다.
무너진 바위로 길을 만들었다.

세찬 바람에도 운주사 돌부처
꿈적하지 않고 누워만 있었다.
저녁 종소리 들리자 움직이는 척했다.
千佛千塔에 千手千眼

하나 더 보태고 돌아왔다.

* 피카소의 『우는 여인』: 피카소가 대작 『게르니카』를 제작하기 위해 사람들의 얼굴을 연구하던 중에 그린 것이 이 작품이다. 단순하면서도 강렬해서 그림을 보는 사람에게 가슴이 저려 오는 슬픔을 느끼게 한다.

벗

창밖엔 가까이
봄비, 소리 없이 흐르고
靑山엔 멀리
안개, 고요히 흐른다.

목마름 잠재우는 봄비 따라
불현듯 스며드는
친구가 남기고 간
말 한 마디……

마음 더 비우고 살자.
앞산에 진달래 피면 또 올께.

친구는 오지 않는데
봄비는 내려
만개한 진달래
꽃잎들 적시누나.

黎明

黎明은 핏빛으로 온다.
일찍 일어나는 새
핏빛 하늘 통째로 삼킨다.

잠자던 호수 깨어
얼어붙은 몸
환하게 부빈다.

솔바람 소리에
겨울산 등불을 켠다.
푸르른 소나무
시인이 된다.

사람이 많지 않아도
부자는 없어도
햇살이 마을을 먹여 살린다.

혼불

소쩍새 목 놓아 울던 봄날
초가지붕 위로 후동 할아버지
삼족오 닮은 푸른 혼불
휙휙 솟아 하늘 위로 날았다.

그날 이후 마을에서는
혼불 대신 도깨비불이 들어와 살았다.

한때는 상처받은 영혼
고통의 세월 훨훨 날게 했던
혼이 담긴 사람
참으로 아름다웠다.

수미산 범종소리
온 산천을 울려도
로켓포가 우주를 날아도
'혼불 하나면 된다' 는
그런 사람 만날 수 없다.

녹차를 따르며

청산을 앞에 놓고
녹차를 끓이는 날
푸른빛 운무
마을로 내려와
아득한 향수 우려낸다.

작은 여유로 피어오르는
하얀 찻잔의 향기들
고적했던 시간들
이젠 소곤소곤
사랑으로 피어난다.

아픔이 되고
위안이 되었던
어린 날 개울물 소리
찻잔 속으로
졸졸졸, 따라 들어온다.

산행

하늘 높이 솟는 산
정상이 있다.
사람들은
다 정상에 오르려 한다.

그런 사람, 늘 앞만 보고 오른다.
그런 사람, 슬픔이 무엇인지 모른다.

정상에 오른 사람
정상에 오르지 못한 사람
오늘은 나, 다 가슴으로 안는다.

사랑

가을날 저녁노을
함께 바라보는 것만으로도
행복이란 것을
좀 알 것 같다.

차 한 잔 앞에 놓고
함께 앉아 있는 것만으로도
사랑이란 것을
좀 알 것 같다.

꽃은 홀로 피었다가
홀로 지고
바람은 그냥 왔다가
그냥 가는데
사랑만은 그렇지 않는 까닭을
좀 알 것 같다.

진실 게임

어항 속 금붕어 두 마리 덫에 걸려
CCTV 카메라에 찍힌다.
바른 말을 하다가 입은 뒤틀어지고
지느러미는 찢겨져
밑바닥으로 내동댕이쳐지고 있다.

먹었다. 안 먹었다.
밥은 말이 없다.
금붕어 뱃속에는
부레만 가득하다.

덫이 놓여 있는 세상
한 눈을 팔다가는
아차! 코만 베어가는 것이 아니다.
목숨까지 베어간다.

떨어져 죽은, 바위 밑바닥
무수한 그림자 지나가고 있다.

물증은 없다. 먹다 만 밥만 남아 있다.
베스만 슬그머니 배 채우고 있다.

공룡시대

鈍次는 사랑채에 걸려 있는 현판이다.
누구도 鈍次를 좋아하지 않는다.
20여년 된 우리 동네 목욕탕
더 이상 버티지 못하고 폐업 중이다.

어떤 사람들은 공룡의 집을 짓는다고
마을을 헐고 세든 사람 쫓아내고 있다.
세든 아저씨는 공룡 마트 앞에서
지금 일인 시위중이다.

이억 이천오백만 년 전
진흙 속에 빠져 죽은 사람들
화산으로 처참하게 사라진 동물들
한 조각, 역사박물관 속에 남아 있을 뿐이다.

거대한 도시, 갈 곳을 잃은 지 오래다
괴물에 쫓겨 진흙 속으로 몸을 던진 사람
이억 이천오백만 년 공룡으로 다시 부활하려고 한다.
부자가 더 부자가 되고 싶어 하는 세상이다.

下手

높이 달린 감을 따겠다고
죽지 않는 감나무
밑둥을 잘라버렸다.

땔감은 소나무가 최고라고
동산의 아름드리 노송
몽땅 베어버렸다.

보리 서리 너무 재미있다며
일 년 동안 정성들여 지은
보리논 불 질러버렸다.

빛보다 어둠이 밝은 하늘
새 한 마리 하늘에서
물구나무를 선다.
下手로 가득한 세상이다.

산중일기

잠 깨어 창문을 여니
연초록 앞산
이 작은 산골 마을로 내려와
딴 세상 펼친다.

가난한 산골 마을
일찍 핀 살구꽃, 배꽃
가난한 몰골 털고
제 세상인양
화들짝 웃어젖힌다.

흐르는 개울물
졸졸졸 소리만 남기고
먼 세상 향해 흐르며
작은 풀잎들 위
사랑의 흔적을 남긴다.

솔잎바람, 댓잎바람

작은 뜰로 모여 들고
동백꽃 노랑 꽃술 따던 동박새
꼬리 흔들다 말고
그만 봄잠에 취한다.

우물

젊은 눈, 젊은 마음
잃어버린 후
집에서 집으로
가는 길도 잃어버렸을까.
오래된 우물도
잃어버렸을까.

우리 동네 우물에는
사랑과 미움의 경계가 없다.
사람과 사람이
이유 없이 서로 사랑하는 것은
모르는 사람과 나누던
냉수 한 바가지의
물맛 때문이다.

물맛을 안다는 것은
생명을 안다는 것
오랫동안 버려두었던 우물에서

바윗돌을
바윗돌 같은 사랑을
꺼내 씻는다.

땅 속과 땅 위의 물들이 모이자
사라진 우물이
웃음꽃을 피운다.
옆집 순이가
새벽마다 두레박으로
물 퍼 올리는 소리 들린다.

대원사 숲길에서

대원사 대나무 숲길
혼자서 걷는다.
사각거리는 발걸음
어찌 큰 강물에 던지는
돌의 소리와 같으랴.

천봉산 넘어온 산안개
강물과 은밀히 손잡고
때 묻은 속세의 인연
바위에 새기며 대숲에 묻는다.

먼 훗날 이 숲길
소란스러운 길로 바뀌어도
말할 수 있으리
사라지는 것은 아름답다고.

고향, 자연, 사랑

이남섭의 시세계

이 은 봉

(시인 · 광주대 문창과 교수)

1

시인 이남섭은 전통적이면서도 고전적인 세계관을 갖고 있는 사람이다. 이는 그가 隱村이라는 고풍스러운 호로 불리기를 좋아하는 것만 보더라도 잘 알 수 있다. 隱村이라는 그의 호는 '숨어 있는 마을', '시골에의 은거' 등의 내포를 갖는다. 따라서 그는 세상에 알려지기를 별로 바라지 않는 隱者形의 사람으로 보인다. 실제의 그의 삶은 오늘을 사는 대부분의 사람들처럼 매우 바쁘고 분주하겠지만 말이다.

물론 그의 호 隱村은 선조인 "李箕大공"(「可隱堂」)의 당호(堂號) 可隱堂으로부터 영향을 받은 것으로 보인다. 그렇기는 하더라도 그가 명성에 급급하는 속물들과 거리가 먼 사람인 것만은 분명하다. 이는 그가 유년시절을 보낸 고향집을 月白

堂이라는 당호로 높여 부르는 것만 보더라도 확인이 된다. 그의 시에 따르면 "산골 마을/연분홍 분꽃/홀로 피어 빈 집을 지키"(「月白堂」)는 것이 月白堂이다.

이 月白堂에서 그는 할아버지한테 유교식 교육을 받으며 유년시절을 보낸다. 그의 시에 드러나 있는 "새벽부터/천자책 펴고는" "어린 손자 훈도하던/우리 할아버지"(「성묘」)와 같은 구절이 이를 잘 말해준다. 그가 이렇게 할아버지의 슬하에서 외롭게 유년시절을 보냈다는 것은 찔레꽃이 "만행 떠난 아버지/기다리시는 어머니 같"(「찔레꽃」)이 피어나는 곳이 그의 고향이라는 구절을 통해서도 잘 알 수 있다. 따라서 할아버지 밑에서 유교식 교육을 받으며 자란 그가 전통적이고 고전적인 세계관을 갖는 것은 매우 자연스러운 일이라고 하지 않을 수 없다.

이러한 논의에서도 알 수 있듯이 그의 시에는 "가내(可川)터에 집(堂)을 짓고 살아온 사람들, 곧 전남 "보성군 문덕면 용암리 가내 마을"(「可隱堂」) 사람들의 정서가 깊이 배어 있다. 그의 선조인 "李箕大공"이 可隱堂을 짓고 처음 뿌리를 내린 이 '가내'는 성주 이씨의 집성촌이거니와, 이들 성주 이 씨는 진작부터 상당한 부를 축적했던 듯싶다. 이는 그의 후손들이 "수천 여권의 책을 시렁에 싸놓고/세상 얽매임 없이 書와 詩를 즐"겼다든지, "公의 외손자 송재 서재필도 일곱 살까지/이 곳에서 공부했고, 추사 김정희도/가끔 들러서 함께 일필휘지했다"(「可隱堂」)든지 하는 구절이 잘 징험해준다. 그가 갖고 있는 이러한 전통적이고 고전적인 세계관은 다음의 시에도 잘 드러나 있다.

고향집 가내마을에 가면 제일 먼저 나를 맞이하는 건 푸른 산, 푸른 하늘이네. 그곳을 지키고 있는 어릴 적 친구는 툇마루에 앉아 담배를 피우며 서재필 기념공원으로 나서는 내게 말을 건네네.

일곱 살 어린 시절 나는 동화책 속의 주인공에 불과했는데, 한말 가내 마을을 떠나 한양 유학길에 나선 송재는 그 나이에 나라와 시국을 고민하는 책을 엮었다고 하네.

기우는 국운은 뜻 있는 청년들의 가슴에 불을 지펴 송재도 평탄한 길 멀리 하고 개혁의 물결에 몸 실었네.

개화의 바람 거칠게 불어 갑신정변의 오적이 되자 어머니 성주 이씨, 아버지 대구 서씨, 아들의 큰 뜻 따라 시퍼런 칼날에 먼저 저승으로 가셨네. 사랑하는 형제와 아내와 자식까지 참혹하게 죽음을 맞으니, 삼족이 멸하는 아픔 그치지 않았네.

결국 이국땅의 망명객이 된 송재, 몸은 타국에 있어도 넋은 늘 태평양 건너 한반도로 뻗쳤네.

몸의 병 고치는 의사의 길 툭툭 털고, 얻은 물질 소중하게 받들어 조국의 어둠 밝히는 등불이 되었네. 조국 사랑의 큰 뜻 솟구치고 솟구쳐 영은문 헐고 독립문 우뚝 세우셨네.

뜨겁게 타는 온몸, 붓끝으로 각성을 촉구하는 독립신문 창간하시니 이 나라 이 백성 깨우치는 선각자요 스승이었네.

선생이 가신지도 벌써 반 백 년, 육신은 죽어 조국의 땅에 돌아와 묻혔어도 선생의 뜻은 여전히 이 땅에 살아 있네.

어린 시절 뛰놀던 고향 땅에 동상으로 서서 두 눈 부릅뜨고 조국을 지키시네.

송재 서재필 당신의 얼을 기리는 기념관 오갈 때마다 가내마을

어린 소년은 장년이 되었어도 당신의 아픈 발길 따르지 못하고
있네.

　　　　　　　　　　　　　　　—「송재 서재필 기념공원에서」 전문

　이 시는 "조국 사랑의 큰 뜻"으로 "영은문 헐고 독립문 우
뚝 세우"는 데 앞장선 갑신정변의 주역 서재필 선생을 추념
하는 데 초점이 있다. 서재필이 애국계몽의 일념으로 독립신
문을 창간하고, 이 나라의 개화 위해 앞장섰다는 것은 불문
가지이다. 그의 고향인 "가내마을"은 이러한 서재필 선생이
그의 선조인 "李箕大공"의 외손자로 태어난 곳이기도 하다.
이러한 사실을 노래하고 있는 것에서도 알 수 있듯이 원래
그는 과거의 일들, 조상의 일들에 깊이 사로잡혀 있는 사람
이다. 이는 그가 성주 이 씨 종친회의 일에 깊이 관여하고 있
는 것을 통해서도 증명이 된다.
　예의 일들은 곧바로 그가 조상을 추모하는 일만이 아니라
전통적 세계와 고전적 세계에 대해서도 남다른 애정을 갖고
있다는 것을 뜻한다. 그가 남다른 애정을 갖고 있는 전통적
세계와 고전적 세계는 고향의 세계이기도 해서 더욱 주목이
된다. 그의 시에서 고향의 세계는 전통적 세계와 고전적 세
계에 곧바로 닿아 있기 때문이다. 月白堂이라는 당호로 존중
되는 그의 고향집이 "50여년 세월 끊임없이" "울타리 가에/
달빛처럼" 수국이 "피어나"(「수국을 보며」)는 곳이라는 것을
간과해서는 안 된다. 실제로는 어쩌다 들려 하룻밤을 묵는
곳이겠지만 이 月白堂에서의 시간을 그는 다음과 같이 노래

하고 있다.

잠 깨어 창문을 여니
연초록 앞산
이 작은 산골 마을로 내려와
딴 세상 펼친다.

가난한 산골 마을
일찍 핀 살구꽃, 배꽃
가난한 몰골 털고
제 세상인양
화들짝 웃어젖힌다.

흐르는 개울물
졸졸졸 소리만 남기고
먼 세상 향해 흐르며
작은 풀잎들 위
사랑의 흔적을 남긴다.

솔잎바람, 댓잎바람
작은 뜰로 모여 들고
동백꽃 노랑 꽃술 따던 동박새
꼬리 흔들다 말고
그만 봄잠에 취한다.

　　　　　　　　　　　　—「산중일기」전문

이 시에 의하면 그의 월백당은 아침에 "잠 깨어 창문을" 열면 "연초록 앞산/이 작은 산골 마을로 내려와/딴 세상 펼"치는 곳이다. "살구꽃, 배꽃/가난한 몰골 털고/제 세상인양/화들짝 웃어젖"히는 "가난한 산골 마을"에 자리한 것이 그의 월백당이다. 이처럼 그의 월백당은 "개울물/졸졸졸 소리만 남기고/먼 세상 향해 흐르며/작은 풀잎들 위/사랑의 흔적을 남"기는 평화와 행복의 공간으로 그려져 있다.

따라서 그의 시에 그려져 있는 고향은 어머니의 품속 같은 곳이라고 할 수 있다. 이러한 고향에 대해 그가 긍정적인 자아개념을 갖는 것은 당연하다. 그가 "이제 나도 고향으로/돌아갈 때가 되었나 보다"라고 노래하고 있는 것도 이러한 인식의 결과라고 할 수 있다. 그의 마음속에서는 고향이 늘 "봄이면 쑥국 향기/여름이면 아욱국 향기/그리워"(「돌아가야 한다」)지는 곳이기 때문이다. 그에게는 "고향의 강"이 "말만 들어도 눈물이"(「추억의 강」) 나는 곳이라는 점을 간과해서는 안 된다.

물론 그의 시에 고향이 언제나 이처럼 평화와 행복의 공간으로만 그려져 있는 것은 아니다. 과거의 공간이 아니라 현재의 공간으로 그려져 있는 고향은 고통과 함께 하는 곳이기도 하기 때문이다. 실제로는 그의 고향도 "오직 출세를 위해/많은 사람들 도시로 떠"난 "두메산골"(「낯선 고향」)이라는 것이다. 따라서 이제는 그의 고향 역시 지난 시절의 풍성함을 갖고 있지 못하리라는 것은 자명하다. "추석날 아침에나/겨우 부활하는" 모습을 보여주는 것이 그의 고향이라는 뜻이다.

추석이 가까워지자
고향 언덕길, 가을비에 젖는다.
명절에나 간신히 돌아와
달랑 하룻밤 보내고
떠나야 하는 사람들……
폐허 같은 서러움이 짙어온다.

옛날의 금싸라기 땅들
잡초만 무성하다.
올해도 쌀농사는
내 가슴을 서럽게 하고
고향 사람들의 가슴을 멍들게 한다.

추석날 아침에나
겨우 부활하는 골목 안 사람들
이 날만큼은 그래도
화들짝 옛날이 돌아온 것 같다.

뉘 집엔들 외동자식
객지로 내몰던 고달픈 세월이 없으랴.
추석 다음 날 저녁
고단한 어머니는
늙은 모습 보이지 않으려
손도 흔들지 않으신다.

　　　　　　　　　　　―「추석 무렵」 전문

이 시에 따르면 이제는 그의 고향도 "명절에나 간신히 돌아와/달랑 하룻밤 보내고/떠나야 하는 사람들"로 "서러움이 짙"은 곳이다. "옛날의 금싸라기 땅들/잡초만 무성"한 곳이, "올해도 쌀농사"도 "사람들의 가슴을 멍들게" 하는 곳이 그의 고향이다. 심지어는 "추석 다음 날 저녁"에는 "고단한 어머니"가 "늙은 모습 보이지 않으려/손도 흔들지 않"는 곳이 그의 고향이기도 하다.

이로 미루어 보더라도 고향에 대해 그가 양가적 감정, 곧 긍정의 마음과 부정의 마음을 동시에 갖고 있다는 것을 잘 알 수 있다. 그렇다고는 하더라도 고향과 관련한 그의 감정이 절망적이기보다 희망적인 것은 사실이다. 그의 시에서의 고향에 대한 입장이 여전히 능동적인 것이 이를 잘 말해준다. 그렇다. 그가 생각하는 고향은 아직도 전통적인 풍속들과 풍물들이 생생하게 살아 숨 쉬는 곳이다. 그의 마음속에는 지금도 고향이 섣달 그믐이면 "흰 접시 위에/무명실을 꼬아 기름을 붓고/온 집안 불을 밝"(「섣달 그믐밤 고향집에 선」)히는 곳이고, "백중날"이면 머슴 "매수 씨"가 "씨름판에서 장사되어/황소를 타"(「머슴 매수 씨」) 집로 돌아오는 곳이라는 것이다.

시를 통해 보여주는 고향에 대한 그의 애정은 이처럼 지극하고 정성스럽다. 언제나 "찌든 얼굴/푸른 차향으로 씻어내고 있"(「낯선 고향」)는 곳이 그의 고향이다. 그가 자신의 시 「득음정을 찾아」에서 보성소리의 흔적을 찾으려고 노력하는 것이나, 「녹차를 따르며」에서 보성녹차의 이미지를 그리려고 노력하는 것도 기본적으로는 고향에 대한 이러한 애정에서 기인한다. 이러한 애정은 고향 주변의 사찰인 송광사나 대원사, 만연사 등을 소재로 한 시들을 통해서도 어렵지 않게 찾아볼 수 있다. 「법고소리」, 「대원사 가는 길」, 「대원사 숲길에서」, 「만연사」, 「범종소리」 등이 그 대표적인 예이거니와, 이들 시에서 그는 불교에 관해 남다른 친연성을 보여주기도 한다. 다음의 시는 그가 불교의 아우라와 깊이 관련되어 있다는 것을 잘 알게 해주는 가장 대표적인 예이다.

> 법고소리가 아름답다는 걸
> 처음 알게 된 것은
> 유년시절 고향에서
> 송광사 법고 치는 스님을 만나고부터다.
> 그가 치는 법고소리를 듣고부터다.
>
> 삶의 에너지가 필요할 때마다
> 좋은 시를 쓰고 싶어질 때마다
> 법고소리를 들으러
> 나는 송광사에 간다.
>
> 더러는 법고를 치는 스님보다
> 법고를 치는 시간이 되기를
> 더 기다리기도 한다. 그런 시간엔
> 나를 돌아볼 수 있기 때문이다.
>
> 둥둥둥 쿵쿵 딱딱딱

위 아래로 좌우로 툭툭 튀어나오는
법고 치는 소리는
언제나 영혼을 불 태워
육체를 구원한다.

둥근 법고를 향해 몸을 날리며
북을 치는 스님들
오늘도 흰 새로 환생해
저녁 어둠을 환하게 가른다.

—「법고소리」전문

이 시에 따르면 그가 "법고소리가 아름답다는" 것을 "알게
된 것은/유년시절 고향"의 "송광사"에서 "법고 치는 스님을
만나고부터"이다. 그런 이후 그는 "삶의 에너지가 필요할 때
마다" "법고소리를 들으러" "송광사에 간다." 거기서 만나는
"법고 치는 소리는/언제나" 그의 "영혼을 불 태워/육체를 구
원"해준다. 이처럼 고향 근처의 사찰에서 "산안개/강물과 은
밀히 손잡고/때 묻은 속세의 인연/바위에 새기며 대숲에 묻
는"(「대원사 숲길에서」) 것이 그이다.

불교적 아우라를 담아내는 것은 자연과 가까워지는 일이
기도 하고, 도시나 문명과 멀어지는 일이기도 하다. 따라서
그의 시에 드러나 있는 이러한 모습은 고향의 자연을 복원시
키려는 의지와도 무관하지 않아 보인다. 그의 시에 드러나
있는 고향의 풍물들은 그 자체로 자연 일반의 사물들이기도
하기 때문이다.

그렇다고는 하더라도 그의 시에 함유되어 있는 자연이 매우 독특한 것은 사실이다. "시를 쓴다는 것은/야생 동백나무 밑둥을 잘라/어두운 아파트 베란다로/유배를 보내는 일"(「시를 쓴다는 것은」)이라고 노래하고 있는 것이 그이다. 따라서 그의 시에는 무엇보다 '자연친화'가 일차적인 내포로 존재해 있다는 것을 알 수 있다. 그의 시에서는 고향회귀에의 의지가 곧바로 자연회귀에의 회귀의지로 轉化되는 까닭이 바로 여기에 있다.

　자연을 가리켜 어머니 대지라고 하는 점으로 미루어 보면 자연회귀에의 의지는 잃어버린 지 오래인 어머니 대지, 곧 에덴회귀에의 의지라고 할 수 있다. 어머니 대지, 곧 에덴은 본래 양수로 상징되는 물의 이미지와 함께 하는 공간이다. 그의 시에 바다의 이미지나 강의 이미지, 곧 물의 이미지가 충만하고 풍부하게 드러나 있는 것도 실제로는 이에서 기인한다. 이는 그가 "어쩌다 빈손으로" 찾아가도 "아무런 내색도 하지 않"(「고향 바다」)고 반겨주는 곳이 고향의 바다라는 점을 통해서도 확인이 된다.

　물의 이미지가 드러나 있는 그의 시로는 「漁水樵山」, 「물소리」, 「5월의 성산포」, 「보성강」, 「추억의 강」, 「침묵의 강가에서」, 「마음의 江」 등을 예로 들 수 있다. 이들 시에 따르면 그에게 자연의 핵심요소인 물, 곧 바다나 강은 추억의 것이거나 기억의 것, 즉 마음의 것이다. 하지만 이들 공간은 찾아"가면/그래도/그리움 가라앉"(「추억의 강」)게 해주는 곳이다. "걸음마도 하기 전"에 "누이의 등에 업혀/버드나무 아래에서 처음"(「보성강」) 바라본 곳이 보성강인 만큼 그럴 만도 해 보인다. "사는 일 너무 힘들면/남몰래 찾아가는/강"이, "서러운 눈물/빗물처럼 포근히 받아주"는 강이 "하나 있으면 좋겠네"(「침묵의 강가에서」)라고 노래하는 것이 그라는 것을 염두에 둘 필요가 있다.

> 언제나 낮은 곳으로 흐르는
> 세상의 모든 상처
> 가슴으로 꼭 껴안는
> 작은 江 하나
> 내 마음에 두고 싶다.
>
> 돌이 있으면
> 돌아 흐르고
> 웅덩이가 있으면
> 채워 흐르는
> 그런 江 하나 있으면 좋겠다.
>
> 지금은 비록 실개천이지만
> 물이 부족하면
> 비를 기다릴 줄 아는
> 생명줄 같이 조용한 江
> 가슴으로 흐르면 좋겠다.
>
> 끝내 세월 다투지 않는
> 바다에 닿아도

고향의 물결 쉬 잊지 않는
그런 작은 江 하나
내 마음에 두고 싶다.

　　　　　　　　　　　　―「마음의 江」 전문

　이 시에서 시인 이남섭은 "돌이 있으면/돌아 흐르고/웅덩
이가 있으면/채워 흐르는/그런 江"을 "마음에 두고 싶"어 한
다. 이에서도 알 수 있듯이 그의 시에서 강은 평화와 행복을
지향하는 위안의 기제로 존재한다. 자연이 그러한 기제로 존
재하는 것은 강의 경우만이 아니다. 그의 시에서는 산도 동
일한 기제로 존재하기 때문이다. 그의 시에 수용되어 있는
산은 「겨울밤 산행」, 「바래봉에 올라」, 「일림산 5월」, 「천관
산 억새」, 「茶鄕에 가면」, 「산행」 등을 통해 알 수 있는 바래
봉, 일림산, 천관산, 활성산 등이다. 물론 이는 모두 그의 고
향인 보성 근처에 있는 산들이다. 따라서 그의 시에 등장하
는 산에 대한 노래는 자연에 대한 노래이면서도 고향에 대한
노래라고 할 수 있다. "그리움 넘실대는 날"이면 고향의 산인
"바래봉" 등 산에 "올라/낮은 하늘과 높은 산을 바라"(「바래
봉에 올라」)보며 마음의 위안을 삼는 것이 그이기 때문이다.
"그리움이 닿을 수 없는 높이로/흩날리는/억새꽃"(「천관산
억새」)이 그가 찾아오기를 원하므로 그는 이들 고향의 산을
찾는다는 것이다.

　그리움은 본래 사랑과 함께 하는 정서이다. 그리움이 충만
하고 풍부한 사람은 사랑도 충만하고 풍부하기 마련이다. 그

가 사랑이 충만하고 풍부한 사람인 까닭도 다름 아닌 이에서 기인한다. 그렇다. 그는 늘 사랑이 넘치는 사람이다. 기회가 있는 대로 "사랑하는 이여./당신의 앞머리 가에/고귀한 흰빛, 에델바이스를 꽂아 드릴게요"(「함께 알프스로 가요」)라고 노래하는 것이 그이다. 그가 넘치는 사랑을 지니고 있는 사람이라는 것은 그의 시의 "차 한 잔 앞에 놓고/함께 앉아 있는 것만으로도/사랑이란 것을/좀 알 것 같다"(「사랑」)라는 구절 등에서도 잘 알 수 있다.

　시를 통해 보여주는 그의 사랑은 당연히 仁의 마음, 즉 측은지심까지도 포괄한다. 측은지심으로서의 그의 사랑은 항용 자연 일반에까지 미치고 있어 더욱 관심을 끈다. "양지 바른 외딴 밭에/겨울 상추씨를 뿌리고 돌아"와 "내내 노심초사"(「상추 씨앗을 뿌리며」)하는 것이 그이기 때문이다. 그렇다고는 하더라도 그의 시에 드러나 있는 사랑의 대상은 사람이어야 보다 제격이다. 이를테면 '꽃집의 여자'를 노래하는 것이 좀 더 그럴싸하다는 것이다. 그가 보기에는 "손끝이 닿으면/돌도 나무도 풀잎도/새로운 꽃으로 다시 피"워내는 것이 '꽃집의 여자'(「꽃집에서」)이다.

　　독사에 물린 자국이다.
　　해독되지 않아
　　아직도 몸살 중이다.

　　독사에 물려

잘린 손가락
봄이 되면
또 다시 근질거린다.

— 「첫사랑」 전문

　이 시에 따르면 그는 "독사에 물린 자국" 같은 첫사랑이 아직도 "해독되지 않아" "몸살 중"이다. 이미 오래 전의 일이지만 이처럼 그의 첫사랑은 아직도 생생하게 살아 있어 그를 괴롭힌다. 그에게는 "위성도 돌고, 계절" 돌지만 "돌지 않는 것은 오직 지나간 시간뿐"(「레테의 강」)이다. "오늘 밤에도/그 별,/다시 볼 수 있을까/그녀의 집 앞에서/서성이"(「그리움」)고 있는 것이 그라는 것이다.

　사랑이 충만하고 풍부한 사람은 이별도 충만하고 풍부하기 마련이다. 본래 사랑은 이별을 거느리는 법이고, 이별은 사랑을 거느리는 법이다. 그렇다. 그는 "덜컹덜컹 떨어지는" 동백꽃의 "붉은 꽃송이가/이별이고 사랑이라는 것을"(「동백꽃」) 잘 알고 있는 사람이다. 사람들의 기본적인 관계가 만남과 헤어짐, 사랑과 이별의 형식으로 이루어져 있다는 것을 기억할 필요가 있다.

　사람에 대한 사랑은 세상에 대한 열정에 다름 아니다. 따라서 그의 열정은 때로 허위로 가득 찬 세상에 대한 비판의 형식으로 존재하기도 한다. 그의 시에 드러나 있는 고향과 자연이 낙원이 아니고 보면 이는 당연한 일인지도 모른다. 그의 시에서의 고향과 자연도 실제로는 개발과 성장이라는 이름으로 끊임없이 파괴되고 해체되는 공간이기 때문이다. 그의 시에서의 고향과 자연을 파괴하고 해체하는 주체는 물론 개발과 성장의 주도권을 지니고 있는 공권력이다. "수돗물 오염시키는 주범이라고/환경청장이 잡아가버"린 "수변보호구역"(「漁水樵山」)을 다루고 있는 시가 특히 그것을 잘 말해준다. "거대한 도시"에서 "이억 이천오백만 년" 전의 "공룡으로 다시 부활하"(「공룡시대」)고 있는 대형마트를 비판하고 있는 시도 그와 유사한 예라고 할 수 있다.

이처럼 그의 시는 매우 의미 있는 장점을 지니고 있다. 물론 그의 시가 지니고 있는 장점은 이에서 그치지 않는다. 쉽고 편하게 읽힌다는 것도 그의 시가 지니고 있는 중요한 장점중의 하나이기 때문이다. 하지만 그의 시가 지니고 있는 이러한 장점은 동시에 단점이기도 하다. 한편으로는 다소 소박하고 단순하게 읽히는 것이 그의 시라는 뜻이 되기도 하기 때문이다. 앞으로는 그의 시가 좀 더 복잡하면서도 생생한 내포를 갖기를 빌며 여기서 글을 맺는다.

푸른시선 95

마음의 강

인쇄 2010년 12월 1일 | 발행 2010년 12월 10일
지은이 · 이남섭 | 펴낸이 · 한봉숙 | 펴낸곳 · 푸른사상사
등록 제2-2876호
주소 서울시 중구 을지로3가 296-10 장양B/D 7층
대표전화 02) 2268-8706(7) | 팩시밀리 02) 2268-8708
메일 prun21c@yahoo.co.kr / prun21c@hanmail.net
홈페이지 www.prun21c.com

@ 2010, 이남섭

ISBN 978-89-5640-786-9 03810

　값 9,000원